句集
息災

染谷秀雄

本阿弥書店

句集　息災＊目次

装幀　長谷川周平

句集

息災

染谷秀雄

I

平成二十五年〜二十八年

162
句

鵜馴らしの鵜匠三人嵐山

雨ふた夜くろがねもちの花零れ

大川の風の末社や夏祓

朝涼や海に向けたる椅子並べ

秋扇を傍らにして堂昏し

新橋に古書祭あり秋の夜

売れ残る囮の鮎も錆びにけり

広げたる羽に夕日や田鶴の群

鳴き交はす鶴に時雨のつづきけり

語り部のしづかに鶴を見る人に

冬菊の屑に色ある鶴の墓

石蕗の花雨に明るき懺悔室

さらさらと鳴る塩買うて島の冬

霜柱短くしかもごはごはと

み仏に足場を高く煤払

ひるがへりたる寒鯉に水の嵩

寒晴や桂離宮に香買うて

一舟を繋ぐ桟橋梅白し

敷藁の中より出でし地虫かな

又二人巡礼の来て谷若葉

飯台の丸きがうれし夏料理

一番草泥を探りて抜きにけり

縁側に座して涼しき五合庵

組み終はる二百十日の下り簗

豊年や鼻の大きな万治仏

夕富士や坂の上なる松手入

石に渦生まれ郡上に水の秋

初時雨辻に点かずの火伏神

蔵元の日めくり薄れ秋灯

花の荷を自転車に積み秋日和

素戔雄命の草の蔭より添水かな

時折は柳橋まで都鳥

境内の日当るところ萩枯るる

四斗樽に二つは多き茎の石

太白は月の下なる霜夜かな

人恋し近江の夜の根深汁

蓮根を掘るや田舟を遠くしぬ

冬めくや美男葛の遊び蔓

水仙は籬に沿へり隅田川

その嵩のすこし色あり散紅葉

末吉を引きたる後の夕笹子

艫綱を巌に寒の松手入

寒に入る烟立つ日の鷹ケ峰

寒柝の響きをちこち北淡海

支へ木の紐解く日和寒牡丹

満月の夜はしんしんと戻り寒

勝浦や浦曲に吊す真子鰈

つぎの田へ注ぎゐる水草青む

春霜の土さらさらと栗畑

手術日の決まりし妻と桜餅

刈り伏しの菜種に莢の青走り
御手洗に溢るる水や木下闇

房州の白波はるか麦青む

雲水の青葉の中を托鉢に

舞ひ上がりどつと流るる柳絮かな

神饌の植田十日の水の影

館山に軍艦多し夏つばめ

落柿舎の雀また来る麦の秋

大蟻や去来の小さき墓烏帽子

青萱を刈り余したる水の青

入相の鐘わたりをり代田掻

蜜蠟の花柄模様灯の涼し

葭刈りの腰まで浸かる溽暑かな

涼しさや香取神社を遠拝み

漂うて水ひたひたと鳰浮巣

ほつれきて鳰の浮巣の藻や草

夕暮の丹波に入れば夕立急

早暁の山裾を翔けほととぎす

暗闇に慣れて夕立の浄土堂

朝穫りのひと夜の雫走り栗

新栗の濡れたるままの網袋
ゆるやかに括りてをりて今年藁

厚物に十日の崩れ菊花展

一滴を溜めて間遠の添水かな

山水の流れはひそと時雨来し
赤かぶら剝いてひと夜の甘酢漬

松や楢五條天神年木積む

門松の立つどの路地も坂がかり

冬日和添水の音のよく響き
待合の椅子六尺の寒さかな

ゆつくりと動いて風の薄氷

流鏑馬の馬場の湿りや春の霜

とりどりに廻る吊雛花や鳥
翔けあがる時の雫や鳥帰る

木村屋のあんぱんを買ふ木の芽時

ひと摑みほどを母屋に軒菖蒲

裏門の閂しかと椎の花

寺しづか大山蓮華瑕瑾なし

ややこしく跳ぶ銀蠅の行方かな

遠山に鳥のこゑあり明易し

代替りして新涼の渡し守

新涼やものみな高く吊したる

街路樹を伐つて秋めく歩道かな

汐入の川に渦生れ鯊日和

秋深し魚板に標す打ちどころ

棉吹くや畝に置かれし忘れ鎌

永平寺山粧うて雨来る
阿弥陀仏うしろの障子明りかな

蹲踞に日のさしわたる石蕗の花

江ノ電の軋める音や海小春

一方のその手冷たし師は病みぬ

夏風のことと青邨のことと霜ふた夜

訥々と語る師の声年惜しむ

青邨忌特集を組み年暮るる

おほかたは裏返りたる朴落葉
春を待つ音かろやかに炒豆屋

大根の煮炊きの泡のまた溢れ

薄氷押せばさ走る甕の罅

青竹の垣を繕ふ汀まで

どこからも水流れ来る名草の芽

雨つのる水輪に沈む蝌蚪の紐

啓蟄の雲流れ行くお骨上げ

魞挿の舟や遠くに三上山

佃煮の甘煮仕上げの小鮎かな

大いなる満月上がる猫の恋

荒縄の如く沈みぬ蝌蚪の紐

ぼうたんの嫩葉に湛へ雨雫

渡し場の旗の高さよ更衣

櫂軋む音のかろさや涼み舟

曇のち雨のち曇ほととぎす

水口を大きく切つて青田波

江戸川や一番舟の櫂涼し

大茅の輪藁のほつれのちらほらと
切幣を撒きたるあとの梅雨じめり

掌にのせて鳴かせて黄金虫

高床に脚垂れてゐる涼しさよ

上総一之宮

玉《た》前《ま》神《さ》社《き》の朝の閑けさ夏祓

ゆるやかに廻りて戻る鈞忍

まなかひに四国三郎雲の峰

昔日の藍工房にゐて涼し

七月の渦潮の濃き潮目かな

淡海へと水の道あり葭の花

葭の花どっと汀の辺りまで

葭原の中へ中へと石叩

淡海なる二百十日の葭埃

葭揚げの階に川波昼の虫

葭叢の枯れ始めたる水の色

近江兄弟社バス停を降り涼新た

湖風の通ふ小径や干小豆

蟷螂の石のあはひのうすみどり

木曾殿にしみじみ秋の団扇かな

入相の義仲寺にゐて草の花

掃苔や残りの閼伽を土に撒き

大利根の風に向き変へ稲刈機

籾殻焼く烟の先に筑波山

色変へぬ松の高さや櫓門

風花と言ひ初雪と言ひ降りかぶる

こおりやま文学の森

をりからの初雪の日のけん二展

銘々に膝掛したる手漕舟

舟小屋に舟を留めて蘆枯るる

葭簀織る十一月の近江かな

葭小屋の天井高し冬灯

葭簀織る音を遠くに枇杷の花

田仕舞の烟立ちたる近江かな

堀のある路地の暮しや冬の菊

冬もみぢ八幡堀に舟留めて

瀬田川の流れゆたかに山眠る

義仲寺に添水の音や石蕗の花

印旛沼

柴漬を仕掛けて朝の戻り舟

柴漬の網干す嵩も松の内

花びらにゆるみありけり冬牡丹

荒鋤のそのまま凍りゐたりけり

Ⅱ

平成二十九年〜三十一年

61
句

梅花藻のなびく長さや春の川

堰止めて春大根を洗ひけり

鳴き交はす朝の雉子や野は平ら

この葭に向かひの葭に行々子

滝落ちて石打つところ定まらず

浜木綿の花殻を摘む夕べかな

たつぷりと盆栽園の日向水
水替へてグラスに曇る水中花

妻つれて二日の旅のサングラス

茅の輪立つ鹿島の杜の深々と

神鹿でありし鹿島のこの仔鹿

水注ぐ生簀の暗さ囮鮎

注ぎたる水に沈みて囮鮎

梅雨晴や舟納豆のよき包み

水神の筑波山へ向けり草を刈る

山裾の長きが見ゆる袋掛

こぼれ継ぐくろがね黐の汀べり

神田川源流ここに花菖蒲

黒々と鳰の浮巣の月日かな

片蔭の尽きしところに運河橋

ひと坪に足らぬ踊の櫓かな

鯊の汐寄せて離宮へ波頭

まだ尽きぬ一町歩田の落し水

蟷螂の枯れはじめたる脇の翅

高鳴ける谷戸に響きて雨の鵙

飛石の三つ目にゐる穴惑

斎藤夏風追悼

木村屋のいつもの席に秋の暮

広々と月の高さや十三夜

鍬跡の畝の乾きや矢切葱

神々の島を遠くに牡蠣筏

寒日和ふたつの墓に詣でけり

紅梅のその奥にある濃紅梅

初午の日のあたたかき神楽坂
大いなる氷流れてゆきにけり

留まりてまた流れたる浮氷
吊雛の揺るるともなく揺れにけり

開け閉てのたびのさ揺れや吊し雛

春障子開けて風ある長廊下

一片も散らざる翳り夕桜

てのひらを飛んで草間へ青蛙

鳰の巣に泥つきの草啌へ来る

あかがねの光りて桶屋走り梅雨

白南風や水を流して魚市場

大粒の夜干の梅のみな凹み

篝焚く鵜飼始めの夕磧

粗草に運ばれてくる鵜籠かな

鵜匠まづ手縄を水に浸しけり

夜涼なる水先舟の灯の暗し

休み鵜のつぎを待つ間の追ひ篝

鵜飼果つ舷の鵜に序列かな

疲れ鵜の篝に照らし出されたる

師の墓を訪へばつくつくほふしかな

水澄めるるる沈みゐる葉のうつくしく
受け石を打つとき揺るる添水かな

振り向ける枯蟷螂の眼はみどり

霜降の白蛾止まつてゐたりけり

日の出湯はそこ柊の花兆す

綿虫や紀貫之の邸あと

飾りたるサンタクロース脚垂れて

ただ回るだけの水車や冬ざるる

からし菜の一畝筑波颪かな

Ⅲ

令和元年〜五年

梅探りつつ言問橋の袂まで

柊を挿していちにちものを書く

山あひに組みて日の入る春子榾

大川の荷船の上を花吹雪

行く春を惜しみて月のご宝前

はつなつや水口祀る幣の数

夏つばめ泥を攫うてしきりなる

柴又の改札口の燕の子

刈り込んでなほ繡線菊の盛りなり

ささやかに水を送りぬ花菖蒲

落ちてなほ楊梅の実の盛りかな

黒南風や氏子の揃ふ月まゐり

まるまると夜干し三日の笊の梅

花びらの舟に落ちたる蓮見舟

飛石もこの辺りまで露涼し

形代に湿りありけり月まゐり

風上に大川を見て橋涼し

向日葵の種を宿して倒れけり

秋風やただ一舟の蜆舟

粗なるところ密なるところ貝割菜

揺れ戻りまた揺れ戻りをみなへし
からたちの棘に絡まり灸花

括りたるものをあまたに菊日和

とくとくとやがてしづかに落し水

源流の一つとなりて澄みにけり

カウベルのゆるやかに鳴る花野かな

妻に荷を負うてもらひぬ冬日和

柊の花もをはりの籬べり

白菜を括りし紐の解けがち

汲置の火防の水も寒の内

待春の厨の窓をすこし開け
薄氷のままはりの水に流れあり

おほかたは散りたる梅になほ莟

てのひらに載せてつめたき落椿

蝶巡り来て大根の花影に

連翹の道に溢るる籬かな

犬稗のひとときは高き麦の秋

遠山を揺らして代を搔きにけり

ほうたるの灯りて草を回りけり

葭切の葭を摑みて靡きたる

水替へてしばらく揺るる水中花

鳥除けの網の中なる稲の花

落蟬の翅を入れたる蟻の穴

照らしたる九十九里浜月涼し

かげろふの翅を立てたるうすみどり

ステテコで過ごすいちにち秋暑し

二つ三つ萩咲けば来る夏風の忌
いちにちを近江に遊ぶ白露かな

輪台をはみ出してゐる黄菊かな

菊師きて鋏を入れて帰りけり

雨粒を溜めたるままに萩枯るる

末枯るる狗尾草の片靡き

いづくより流れ来る水小六月

湿りある霜除藁の畝間かな

棕櫚縄を瀟洒に巻いて冬支度

臘梅の鶲のよく来る三日かな

人日の榊の水をあたらしく

薄氷の甕の縁より離れけり

茎ばかり伸びてはうれんさう畑

街道に干してしろがね春鰯

連翹のおもても裏もなく垂るる

青邨も遠くなりけり春惜しむ

雲水の昼の門立ち梅雨兆す

みな通る泰山木の花の下

子が追うて駆け出して行く羽抜鶏

雨あとの初蟬を聞く厨窓

蟬穴の欅の根方まはりかな

珈琲を濃いめに淹れて朝曇

夕立を遣り過ごしたる軒端かな

朝顔の先の先なる遊び蔓

流れゆく雲の高さや月今宵
吐き出しの水に勢ひやばつたんこ

みつみつと深き色籠め梅擬

長命のひとまた逝けり鳥渡る

流れ来て渦なすところ秋の水

九十の兄の息災冬はじめ

雪吊の縄百本の男松

咥へては落とす櫨の実冬鴉

葉おもてと葉裏と積もり朴落葉

立春の明けの明星仰ぎけり

凍りたる土を出でたる貝母の芽

逆光に映ゆる紅梅五つ六つ

薄氷を圧せば零るる甕の水

恋猫の満月の夜を鳴き交はし

嘴に泥の付きたる夕燕

つばくらの羽の艶よき朝かな

風すこし出て花影を揺らしけり

庭中のもの華やかに端午かな

すぐに着く連絡船や穴子飯

藁焼きの土佐の高知の初鰹

抱卵の鳰の浮巣の水浸し

にほどりの草を覆ひて巣を離れ

一滴の水を落として蜻蛉生る

降るや降る槐の花の下にゐて

雨粒のむらさき深き額の花
浜木綿の夜をしろじろと咲き満ちて

梅を干す皺みて天地返しけり

しばらくは籬に止まる夕蜻蛉

六度目の夏風忌がくる盆休み

転居

表札を塞ぎて出づる小六月

東京にまた住む暮し年の暮

山茶花のひと夜の雨に崩れけり

耿耿と灯す築地の飾売
低く飛ぶ水鳥もゐて賑やかに

あたらしき町にも慣れて松の内

冬麗のさざなみ尖るお堀端

東京の土に馴染みて貝母の芽

待合に深々と座す梅日和

その上に花びらのせて桜餅

遅れ来るバスを待ちたる花曇

蹲踞の苔あをあをと鳥の恋
ぼうたんの雨に崩るるばかりなる

山伏のお山を下りる遅日かな

句集『息災』畢

あとがき

『息災』は私の第三句集である。平成二十五年から令和五年春まで十年間の作品三三六句を収めた。

この間、「屋根」主宰の斎藤夏風先生、「花鳥来」主宰の深見けん二先生を亡くした。両先生とも初学の頃より永く親しく面倒をみていただいた。特に夏風先生には同じ会社で机を共にした関係から俳句に誘われ手ほどきを受け、全くの無知の私を気長に育ててくれた。人の入替はあったものの木曜会の存在は私を高めてくれた。

句集名は集中の〈九十の兄の息災冬はじめ〉から採った。兄弟たった一人となった兄に永く生きてもらいたいと思っている。

病床の夏風先生に薦められるまま「秀」を創刊して、多くの仲間に支えていただき今日に至っている。また、俳人協会にお世話になって早くも十五年が経った。忙しくもたのしい日々を仲間に助けて貰っており、感謝しかない。

個人的には昨年末、千葉誉田の一戸建を処分して五十年ぶりに又、東京杉並区の実家に転居した。階下の兄がひとり住まいとなったのを機に家内も快諾してくれたのが有難く、時々一緒に食事をしながら一軒家に同居している。これから此処が終の栖となる。

令和五年七月

染谷秀雄

著者略歴

染谷秀雄（そめや・ひでお）

昭和18年（1943）8月31日東京都生。
昭和41年（1966）「夏草」山口青邨に師事。
昭和61年（1986）「屋根」斎藤夏風に師事。
平成29年（2017）3月「屋根」終刊に伴い、「秀」創刊主宰。

昭和56年（1981）「夏草」新人賞。
公益社団法人俳人協会理事事務局長。日本文藝家協会会員。
句集に『譽田』『灌流』。

現住所　〒167-0021　東京都杉並区井草1-31-12　2階

平成・令和の100人叢書㉝

句集　息災《そくさい》

2023年9月1日　発行

定　価：3080円（本体2800円）⑩

著　者　染谷　秀雄

発行者　奥田　洋子

発行所　本阿弥書店《ほんあみ》
東京都千代田区神田猿楽町2-1-8　三恵ビル　〒101-0064
電話　03(3294)7068(代)　振替　00100-5-164430

印刷・製本　三和印刷(株)

ISBN 978-4-7768-1660-7 (3376)　Printed in Japan